LES CONTES DE Clifford

LES TROIS PETITS COCHONS ET LE GROS CHIEN ROUGE

DISCARDED

W9-DHR-928

CLIFFORD A ÉTÉ CRÉÉ PAR NORMAN BRIDWELL.

TEXTE DE DAPHNE PENDERGRASS • ILLUSTRATIONS DE RÉMY SIMARD • TEXTE FRANÇAIS D'ISABELLE ALLARD

Scholastic et The Norman Bridwell Trust ont travaillé avec une auteure et un illustrateur choisis avec soin pour que ce livre soit de la même qualité que les livres de la série originale *Clifford*.

Les données de catalogage avant publication sont disponibles.

Copyright © The Norman Bridwell Trust, 2018. • Copyright © Éditions Scholastic, 2019, pour le texte français. • Tous droits réservés. • CLIFFORD, CLIFFORD LE GROS CHIEN ROUGE et les logos connexes sont des marques de commerce ou des marques déposées de The Norman Bridwell Trust. • L'éditeur n'exerce aucun contrôle sur les sites Web de tiers et de l'auteure, et ne saurait être tenu responsable de leur contenu. • Ce livre est une œuvre de fiction. Les noms, personnages, lieux et incidents mentionnés sont le fruit de l'imagination de l'auteure ou utilisés à titre fictif. Toute ressemblance avec des personnes, vivantes ou non, ou avec des entreprises, des événements ou des lieux réels est purement fortuite. • Il est interdit de reproduire, d'enregistrer ou de diffuser, en tout ou en partie, le présent ouvrage par quelque procédé que ce soit, électronique, mécanique, photographique, sonore, magnétique ou autre, sans avoir obtenu au préalable l'autorisation écrite de l'éditeur. Pour toute information concernant les droits, s'adresser à Scholastic Inc., Permissions Department, 557 Broadway, New York, NY 10012, É.-U. • Édition publiée par les Éditions Scholastic, 604, rue King Ouest, Toronto (Ontario) M5V 1E1.

5 4 3 2 1   Imprimé au Canada 119   19 20 21 22 23

Conception graphique du livre : Erin McMahon

MIXTE
Papier issu de sources responsables
FSC® C103113

Bonjour, je m'appelle Émilie et voici Clifford, mon gros chien rouge. Chaque soir, je me blottis contre lui, et mon père nous lit une histoire.

Mon père aime nous mettre en vedette dans l'histoire.
Ce soir, il nous lit *Les trois petits cochons.*

« Il était une fois Clifford et sa meilleure amie Émilie, qui venaient de déménager dans un nouveau village. Ils avaient hâte de rencontrer leurs voisins, les trois petits cochons. Ils avaient même fait trois tartes pour eux.

ATCHOUM!

Au moment de partir, Clifford a éternué.

L'éternuement de Clifford a secoué toute la maison!

— Clifford! s'est écriée Émilie. Tu es malade. Tu devrais rester ici pour te reposer.

Mais Clifford a refusé. Il voulait aller voir les nouveaux voisins.

Émilie et Clifford sont arrivés chez le premier petit cochon.
Sa maison était faite en paille.

— Par les poils de mon menton, ce sont mes nouveaux voisins! a dit le premier petit cochon.

Tout à coup, Clifford a senti qu'il allait encore éternuer. Il a soufflé, soufflé…

et la maison de paille s'est effondrée!

Clifford et Émilie se sont excusés et ont aidé le petit cochon à sortir des débris.

Le petit cochon a donné une couverture à Clifford pour qu'il puisse se moucher.

— Tu devrais rentrer chez toi pour te reposer, lui a-t-il conseillé.

Clifford ne voulait pas rentrer. Il voulait aller porter les tartes aux deux autres petits cochons. Et il voulait aider le premier à réparer sa maison!

Alors, Clifford, Émilie et le premier petit cochon se sont rendus à la maison suivante. Elle était faite en bois.

— Par les poils de mon menton, ce sont mes nouveaux voisins et mon frère! a dit le deuxième petit cochon.

Tout à coup, Clifford a senti qu'il allait encore éternuer. Il a soufflé, soufflé…

et la maison de
bois s'est effondrée!

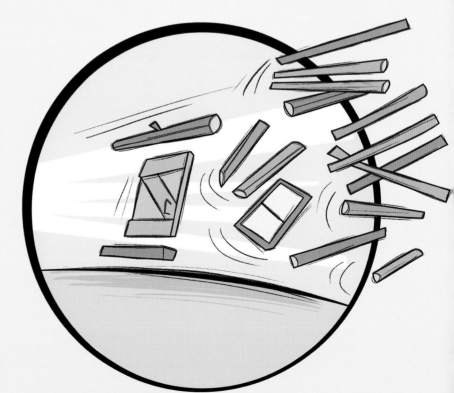

— Tu devrais couvrir ton museau quand tu éternues! a grogné
le deuxième cochon.

— Clifford, ton état empire, a dit Émilie. Rentrons chez nous.

Mais Clifford a refusé, car il voulait rencontrer tous les petits cochons
et leur offrir les tartes. De plus, il avait *deux* maisons à reconstruire!

Alors, Clifford, Émilie et les deux petits cochons se sont rendus à la maison suivante. Elle était faite en brique.

— Par les poils de mon menton, ce sont mes nouveaux voisins
et mes frères! a dit le troisième petit cochon.

Tout à coup, Clifford a senti qu'il allait encore éternuer. Il a tenté
de se couvrir le museau, mais c'était trop tard.

Il a soufflé, soufflé…

C'était son plus gros éternuement!

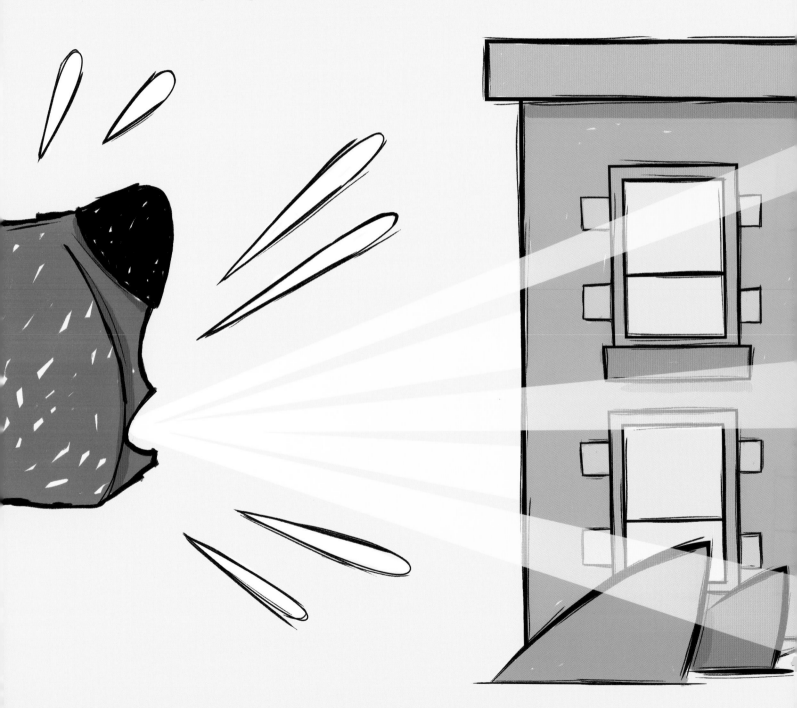

La maison de brique a tenu bon!

— Tu as un vilain rhume, a dit le troisième petit cochon. Entre pour te reposer.

Il a préparé une bonne soupe pour Clifford et l'a emmitouflé dans des couvertures.

Pendant que Clifford se reposait, Émilie a offert les tartes aux trois petits cochons.

Peu après, Clifford s'est senti mieux.

Plus tard, le troisième petit cochon a assemblé des briques et des matériaux pour aider ses frères à reconstruire leurs maisons.

Clifford et Émilie leur ont donné un coup de main.

Après avoir terminé, Clifford s'est mis à souffler, souffler...

— Ouaf! Ouaf!

Il a aboyé joyeusement. Il était de nouveau en forme et heureux d'avoir aidé ses nouveaux amis.

Quant aux trois petits cochons, ils étaient très contents, car chacun avait une maison qui résistait aux éternuements! »

OUAF! OUAF!

FIN